Da tanzten die Mäuse

Da tanzten die Mäuse

Fabelhafte Wahrheiten

Peter Spangenberg

AGENTUR DES RAUHEN HAUSES HAMBURG

Titelbild und Illustrationen von
Britta Meins, Hamburg

Gesetzt aus der Centennial
bei Partner Satz GmbH, Hamburg
Lithografiert bei connected 2000 GmbH, Hamburg
Druck und Bindung bei Clausen & Bosse, Leck

Der Umwelt zuliebe gedruckt auf chlorfrei
gebleichtem Werkdruckpapier
ISBN 3 7600 0835-6 • Best.-Nr. 1 1406-6

Inhalt

Der kleine Unterschied

Eine Mücke und ein Elefant
kamen ins Gespräch.

Du Winzling, sagte der Elefant.
Was heißt hier Winzling?
fragte die Mücke.
Kennst du den Unterschied
zwischen uns beiden?

Du bist ein Unwesen, ein Kleinchen,
ein Mini, ein lächerliches Objekt,
meinte der Elefant nachsichtig.

Nein, nein, sagte die Mücke.
Das ist es nicht.
Sondern: Aus mir macht man dich.
Verstehe ich nicht, sagte der Elefant.

Macht nichts, meinte die Mücke.
Aber ich habe eben eine große Zukunft.

Am Tag der Tiere

Am Tag, als das Gras nach unten wuchs und die Vögel rückwärts flogen, berief der König der Tiere eine Vollversammlung ein. Auf der Tagesordnung stand als einziges Thema: „Was ist der Mensch?“ Allgemeine Zustimmung fand ein gemeinsamer Vorschlag der Läuse und Flöhe – denn die haben am meisten mit den Menschen zu tun –, die Tiere sollten doch einen offenen Tag durchführen, um die Menschen kennenzulernen. Nachdem das Risiko sorgfältig durchgesprochen war, denn es ist immer ein Risiko, Menschen zu begegnen, beschlossen die Tiere einen Tag der offenen Tür. Die Vögel hatten die Einladung in alle Welt zu tragen; und so geschah es. Es sollte ein Fest der Begegnung werden, ein Fest der fröhlichen Kreatur. Die Hyänen bekamen den

Auftrag, an den Grenzen Posten zu stehen, Wache zu halten und jeden Gast, der vorgab, ein Mensch zu sein, nach seinem Ausweis zu fragen, um die Identität zu prüfen.

Nun kam der erste Mensch an die Grenze der Tiere. Würdevoll erhob sich die Hyäne, ging auf den Fremdling zu und fragte ihn: „Bist du ein Mensch?“ „Ja“, sagte der Zweibeiner. „Womit kannst du dich als Mensch ausweisen?“ fragte die Hyäne. „Nenne mir drei unveränderliche Kennzeichen.“ Ohne zu zögern, antwortete der Gefragte: „Du siehst, ich gehe aufrecht, du siehst, daß ich wie ein Mensch aussehe, du hörst, daß ich wie ein Mensch spreche! Ich bin ein Mensch.“ „Das genügt uns nicht“, sagten die Tiere und wiesen den Gast ab. Nach kurzer Zeit kam ein anderer und wollte in das Reich der Tiere. Auch ihm wurde gesagt, er solle sich durch drei unveränderliche Kennzeichen als Mensch ausweisen. Er überlegte einen Augenblick und sagte: „Ich bin von einem Menschen gezeugt und von einem Menschen geboren, also bin ich ein Mensch; ich denke über die Vergangenheit nach, und ich plane für die Zukunft! Also bin ich Mensch.“ „Schon besser“, sagte die Hyäne, „wir wollen es mit dir versuchen, obwohl auch du uns die eigentliche Antwort schuldig geblieben bist.“

Noch viele kamen an die Grenze der Tiere, und ihre Antworten waren: Ich fühle, ich habe einen Beruf, ich habe Geld, ich habe Macht, ich habe eine Wohnung, ich habe Waffen und vieles andere mehr. Aber die Tiere waren enttäuscht. Schon wollten sie den Tag der offenen Tür absagen, da kamen drei singende Kinder. „Warum singt ihr?“ fragte die Hyäne. „Weil wir uns freuen“,

antworteten die Kinder. „Warum seid ihr gekommen?“ fragte die Hyäne weiter. „Weil wir euch danken!“ antworteten die Kinder. „Und warum kommt ihr zu dritt?“ wollte die Hyäne wissen. „Weil wir uns lieben“, riefen die Kinder, überschritten einfach die Grenze und wurden herzlich aufgenommen.
„Ja, das sind Menschen!“ sagte die weise Eule, „denn sie reden nicht von Kennzeichen, sondern sie sind es selbst: Freude, Dank und Liebe.“ Es wurde ein herrlicher Tag, und die Tiere begannen zu hoffen.

Sesam, öffne dich

Ich habe den Dieben
über die Schulter gesehen.
Interessant, interessant!

In einer großen Stadt,
genau da, wo ein Längengrad
den Breitengrad streichelt,
also in dieser großen Stadt stand ein
Tresor, wichtig und gewichtig.
Wenn nachts das Haus still war
und nur der Wächter
Licht und Schlösser prüfte,
begann der Dicke im Keller
sein seltsames Selbstgespräch:

Die Wertpapiere
liegen mir schwer im Magen.
Die neuen Brillanten
regen mich richtig auf.
Die alten Urkunden sind belastend.

Das Umschreibedokument bekommt
mir gar nicht.
Von den Goldbarren ganz zu schweigen.
Und die Erpresserbriefe,
von denen niemand etwas weiß,
sind meine Katastrophe.

Jeder im Keller
kannte dieses nächtliche Klagelied,
und die alte Spinne über dem
Türrahmen bedauerte den stählernen
Koloß mit dem weichen Herzen.
Weißt du,
spann sie den Gedanken weiter,
alles, was in dir liegt,
ist ja noch gar nicht das Problem.
Noch schwerer liegt es den Menschen
im Magen,
die ihre Werte, wie sie es nennen,
dir anvertrauten.

Da waren plötzlich neue Geräusche

im Keller in dieser Nacht.
Als der Mond grün wurde,
brachen sie durch, die Diebe,
hatten sie doch
die verwundbare Stelle entdeckt,
das alte rostige Rohr
im Abwassersystem.
Und sie räumten aus,
beidhändig und gierig.

Anderntags,
ja anderntags, fand man die Diebe,
ein Handschuh hatte sie verraten.
Werte und Gold fanden sich nicht.
Die Bestohlenen wurden krank vor
Kummer, die Diebe saßen ein.
Der Tresor wurde verschrottet.
Keiner war frei.

O, diese Menschen, seufzte die Spinne,
und begann ein Gespräch
mit dem Neuen.

Der Maulwurf und die Eule

Sie sind subversiv,
sagte die Eule zum Maulwurf.
Sie sind introvertiert,
sagte der Maulwurf zur Eule.

Sie sehen das Leben immer von unten,
meinte die Eule.
Sie sehen das Leben immer von oben,
sagte der Maulwurf.

Sie unterminieren die Welt,
meinte die Eule.
Sie überfliegen das Leben,
sagte der Maulwurf.

Sie untergraben das Fundament,
meinte die Eule.
Sie machen die Nacht zum Tage,
sagte der Maulwurf.

Sie unterhöhlen das Beständige,
meinte die Eule.
Sie stellen sich über die Dinge des
Lebens, sagte der Maulwurf.

Nach einem kleinen Schweigen:

Sie fressen die Würmer, wie eklig, meinte die Eule.
Sie fressen die Mäuse, wie widerlich, sagte der Maulwurf.

Nach einem kleinen Schweigen:

Lassen Sie mich doch! meinte die Eule.
Lassen Sie mich doch auch, sagte der Maulwurf.

Nun, dann lassen wir es doch dabei! meinte die Eule.
Einverstanden, sagte der Maulwurf, lassen wir uns doch.

Also ließen sie sich.
Typisch Eule.
Typisch Maulwurf.
Aber sie ließen sich.

Ruhe ist die erste Bürgerpflicht

„Man sollte dir das Fell versohlen!" brummte Vater Bär, weil es wieder einmal zu einer heftigen Auseinandersetzung gekommen war. „Was wollt ihr denn eigentlich noch?" wandte er sich weiter an seine beiden Söhne. „Ihr habt alles, euch steht die Zukunft offen, ihr habt keine Sorgen, ihr habt keine Angst. Könnt ihr mir ehrlich sagen, warum ihr wieder diese widerlichen Transparente gemalt habt:
WEG MIT DEM KUNSTHONIG! oder das andere: GLEICHES RECHT FÜR ALLE BIENEN! Ja, ihr reißt euer Maul auf und vergeßt, wie dankbar ihr sein müßtet für Wohlstand und Freiheit." Er hatte sich richtig in Leidenschaft geredet, und man sah es seinen kleinen gewitzten Augen an, daß er auch stolz darauf war, so wichtige Sätze gesagt zu

haben. „Ach“, fügte er hinzu, „das wollte ich noch zum Ausdruck bringen: Ruhe ist die erste Bürgerpflicht. Das sage ich euch aus Erfahrung; denn meine Generation mußte noch nach der Flöte anderer tanzen. Da habe ich gelernt: Ruhe ist die erste Bürgerpflicht.“
Die jungen Bären hatten sich daran gewöhnt, auf solche Reden hin zu schweigen. Insgeheim dachten sie wohl auch selbst schon: Ruhe ist die erste Bürgerpflicht. Und so verlief das Frühstück friedlich, ja, sie konnten sogar noch den Urlaub planen und freuten sich über den Honigvorrat im Keller.
Da plötzlich flog der Eichelhäher heran, und der ist, wie natürlich jedes Kind weiß, der Postbote unter den Tieren. Er übergab dem Vater die frische Tageszeitung STARKE TATZE und verabschiedete sich eilig. Wie es immer beim Frühstück war, so auch diesmal: Vater

Bär vertiefte sich in die Lektüre, sprang aber nach wenigen Minuten unvermittelt auf, lief unruhig hin und her, schlug mit den Pranken ans Gebälk, riß im Vorbeigehen den Honigtopf vom Tisch, rannte wie ein gereizter Mensch durch den Vorgarten, zerstampfte das frische Küchengemüse, stöhnte einmal tief auf und brüllte dann markerschütternd: „Mit mir nicht! Nein, nicht mit mir! Was bilden die sich denn ein. Wollen mich entlassen aus betriebstechnischen Gründen! Wer bin ich denn! Aber denen werde ich es zeigen! Ich werde zu einer Versammlung aufrufen! Mit Transparenten werden wir durch den Wald laufen: WEG MIT DEM KUNSTHONIG! – GLEICHES RECHT FÜR ALLE BIENEN!" Bei diesen Worten glühte sein Fell, und von seiner Schnauze troff kalter Schweiß. „Vater!" grinste der eine Sohn, „Vater, wenn ihr das macht, dann

gehe ich mit und trage das Transparent RUHE IST DIE ERSTE BÜRGERPFLICHT."
„Kluges Kerlchen", brummte der Alte, „ich habe schon begriffen."

Schule des Friedens

„Donnerwetter!“ staunte der große Mantelpavian, als er die Kampfübungen der Habichte mit ansah. „Ein Sturzflug nach dem andern!“ Auch die eiserne Disziplin der Ameisen beeindruckte ihn tief, wie sie mit schweren Lasten dem heimatlichen Hügel zustrebten. Nicht anders erging es ihm bei den Stieren, die sich im Nahkampf übten und mit ihren gewaltigen Hörnern aufeinanderstießen. Besonders aber hatten es ihm die Frösche angetan, die von der Böschung aus das Antauchen trainierten. Auch die Einheit der Libellen war bestens in Form, zuweilen standen sie rotierend und zitternd in der Luft, dann wieder flogen sie plötzlich davon. Großartige Pionierarbeit leisteten die Biber, die mit Zähigkeit und Präzision den breiten Fluß überwanden.

Und schließlich waren da noch die Elefanten, die die Steppe durchpanzerten und in geschlossener Formation nicht zu halten waren.
Ja, es war beeindruckend, und der Pavian hegte auch keinen Zweifel daran, daß die Tiere sich schützen müssen, wenn sie mit der Aggression der anderen fertig werden wollen. Überall, wo er nach dem Grund fragte, bekam er die Antwort: rein auf Verteidigung und nur für den Ernstfall. „Und wie heißt der Ernstfall?“ fragte er dann. „Der Ernstfall heißt Krieg. So ist es seit Tiergedenken und auch ganz natürlich.“
Auf dem Nachhauseweg kamen dem Pavian Bedenken: „Wenn man immer den Ernstfall Krieg meint, ist ja alles richtig. Aber wie wäre es, wenn man den Ernstfall Frieden denkt?!“ Begeistert von der eigenen Idee machte er kehrt und trug den anderen Tieren

seine Überlegungen vor. Aber er stieß auf ein seltsames Echo. Die Habichte meinten: „So kann nur ein Träumer reden, der an der Wirklichkeit der Wildnis vorbeilebt." Die Ameisen dagegen beriefen sich auf die lange Tradition und fügten hinzu, daß sie immer gut damit gefahren seien. Die Frösche tauchten nicht einmal auf, um sich dem Gespräch zu stellen. Und die Elefanten meinten: „Das ist nicht unsere Sache. Die Gespräche finden auf höherer Ebene statt."

Aber der Pavian kam nicht an die „höhere Ebene" heran. So beschloß er, in seiner eigenen Kolonie ein Pilotprojekt zu versuchen; so jedenfalls nannte er seinen Versuch. „Abbau der Feindbilder" war die erste Unterrichtseinheit, und die jungen Paviane waren begeistert von den Spielen ohne Sieger, weil sie daran merkten, was Gemeinschaft ist. Und die älteren Tiere waren beeindruckt vom Abbau des Konkurrenzdenkens, unter dem sie immer gelitten hatten. So nannten sie bald diese ersten Versuche „Schule des Friedens", und unter den Tieren sprach sich herum, daß dies ein Modell sei, das niemand mehr leugnen konnte. Aber es liegt nicht nur an den Pavianen, ob dieses Modell Zukunft hat.

Das Meer

Der Wind hatte sich erhoben.
Der Himmel war dicht
von Wolken verhangen.
Die Nacht war schwarz
und unheimlich.
Die zackigen Felsen
ragten in die Dunkelheit.
Der Wind blies zum Sturm,
und der Sturm peitschte das Meer,
die Wogen stiegen hoch
wie wilde Pferde,
die Fluten klatschten an die Steine
wie Riesenohrfeigen.
Das Meer brüllte und toste
und war buchstäblich
in seinem Element.
Möwen duckten sich am Strand.
Der Wattwurm wurmte sich
im Schlick.
Muscheln, die vergessen hatten,

sich zu schließen, verloren ihre Perle.
Der Sturm sang sein wildes Lied.
Die Wogen des Meeres
wurden zu Brechern
und überschlugen sich
im wilden Taumel der Kraft.
„Hei! Ho! Hei! Ho! Welch Spaß!“,
so brüllte das Meer und machte sich
lustig über seine eigenen Tropfen,
die es an Land schleuderte.
„Hei! Ho! Hei! Ho!
Was seid ihr gegen mich?“

Da nahmen die Tropfen all ihren Mut
zusammen:
„Und was wärst du ohne uns?“

Die Ameisen

Einst lebte unter den Tieren der Erde
das große Volk der Ameisen,
und es zählte nach Millionen.
Sie galten als fleißig,
und jedermann konnte beobachten,
wie ein jedes seiner Aufgabe nachkam
und tapfer schwere Lasten schleppte;
dies allerdings mit großer Freude.

Bald hatte es sich herumgesprochen,
daß die Ameisen ein Geheimnis hatten:
Sie waren sich *einig*,
taten alle wichtigen Dinge *gemeinsam*,
und sie schafften viel
trotz ihrer Unscheinbarkeit.
Sie zeigten Mut im Kleinen,
Besonnenheit im Großen,
und „einer trug des anderen Last".

Die anderen Tiere lächelten zuerst,

machten sich lustig,
zweifelten an der Energie
und machten sich auch
einen Spaß daraus,
die Ameisen zu drangsalieren,
zertraten viele von ihnen und spotteten.

Mehr und mehr aber
lernten sie von ihnen,
übernahmen ihre Lebensweise
und lernten ein neues Leben kennen.

Das aber stieg den Ameisen zu Kopf.
Sie wurden stolz,
hielten sich für wesentlich,
gaben sich hochmütig und wurden faul.
Viele von ihnen
schafften es gerade noch,
ihre Steuern zu bezahlen,
kamen gelegentlich
zu den großen Zusammenkünften
(zumeist nur sonntags),

spalteten sich in verschiedene Gruppen
und wurden sehr schwach.

Da feixten die anderen Tiere:
„Haben wir es nicht immer gesagt?"

Das Schlimme aber war,
daß die großen Tiere nun weiter
die kleinen zertraten.

Frage:
Was müßte man den Ameisen raten?

Fabelhafter Urlaub

Es war einmal – das ist gar nicht so lange her, und wenn ich mich nicht täusche, war es gerade übermorgen –, es war einmal eine Bärenfamilie, die nach einem Jahr harter Waldarbeit beschloß, guten Urlaub zu machen.
Vater Bär war in den letzten Monaten ziemlich nervös geworden, was sich darin äußerte, daß er gar nicht mehr so viel Freude beim Tanzen hatte.
Mutter Bär hatte ziemlich die Nase voll vom ständigen Beerensammeln und Kochen. Hinzu kam ja auch noch die Kindererziehung. Die Bärenkinder waren gar nicht einfach, jedes hatte seinen Charakter. So packten sie die Sachen zusammen, den Honig vor allen Dingen.
Die Fahrt in den Urlaub begann. Alle waren guter Stimmung, und jeder freute sich auf die lange Zeit der Erho-

lung, die vor ihnen lag. Unterwegs sangen sie die alten Lieder von der Bärenhaut, auf die sie sich legen wollten, und alle Familienmitglieder träumten von Bienen, deren Honig ihnen rundweg in das Maul fließen würde. Vor allen Dingen wollten sie einmal mit anderen Tieren Bekanntschaft schließen: mit Ameisen und Hornochsen, mit Hühnern und Füchsen. Darauf freuten sie sich. Am Ziel angekommen, wurden sie zunächst einmal von anderen Bären herzlich begrüßt. Wo sie auch hinsahen: Bären, nichts als Bären. Nun gut, man kann sich an alles gewöhnen. Als sie essen wollten, stellten sie fest, daß man mühsam nach Bienenkörben suchen mußte. Nun gut, man kann sich an alles gewöhnen.

Schon in den ersten Tagen war Mutter Bär vollauf damit beschäftigt, Beeren zu sammeln und zu kochen. Sie hatte

sich das eigentlich anders vorgestellt. Aber nun gut, man kann sich an alles gewöhnen. Und die Bärenkinder? Sie waren gar nicht einfach, denn jedes hatte seinen eigenen Charakter. Immerhin, man kann sich an alles gewöhnen.
Vater Bär blieb nervös, und Mutter Bär hatte die Nase voll. Aber im Laufe der Zeit wurde aus der Gewohnheit fröhliche Anerkennung. Es wurde ein fabelhafter Urlaub, und als sie nach Hause kamen, fing das Leben neu an.

Moral: Ohne Urlaub würde man nicht wissen, warum man sich liebt.

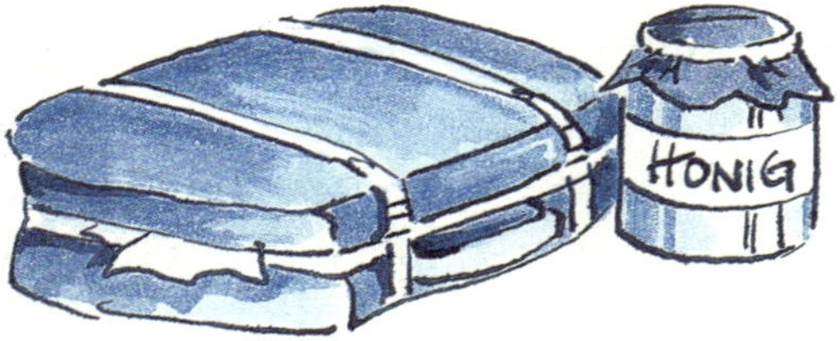

Wo ist Noah?

Seit Jahrtausenden hüteten die Tauben den kleinen grünen Zweig, der als Zeichen des Lebens damals in der Arche gerettet wurde. Sintflut war gewesen, und ein paar Menschen hat das Leben mit ihm noch einmal in Obhut genommen. So erzählt es die alte Geschichte. Jahrtausende waren vergangen, und wieder rollte eine Sintflut heran: Wogen von Egoismus mit Schaumkronen der Gier; Fluten von Aggression mit dem Geröll des Hasses; Wellenberge von Brutalität mit Strudeln von Terror. Unaufhörlich eine einzige Brandung, auf und ab, aber immer bedrückender. Und wer sein Leben auf Sand gesetzt hatte, der merkte bald, wie es unterspült und ausgehöhlt wurde. Und Angst kam über die Menschen, denn sie zitterten um ihre Deiche, die sie in aller Eile aufge-

worfen hatten mit einem Gemisch aus Gesetz, Tradition, Geld und obenauf ein ganz klein wenig Hoffnung, die sich seltsam ausnahm auf diesem Berg von Zerbrechlichkeit.
Da nahm die Taube kurz entschlossen den kleinen Zweig und flog über das Land.
„Wo ist Noah?“ rief sie in die Regierung. Aber die Politiker waren so mit Terminen überlastet, mit Sitzungen und Gipfeltreffen, daß sie den Ruf der Taube gar nicht hörten. Und außerdem war auch der Ventilator so laut.
„Wo ist Noah?“ rief sie in die Kirchenleitungen aller Schattierungen. Aber die unterhielten sich gerade über die rückläufigen Kirchensteuern und entwarfen einen Aufruf nach dem anderen.
„Wo ist Noah?“ rief sie dann in die Konferenzzimmer der Schulen. Aber die Lehrer saßen über den Zensuren und

arbeiteten an den Berichten und an anderen wichtigen Dingen.
Vom Suchen und vom Fliegen wurde die Taube müde.
„Wo ist Noah?“ fragte sie leise den Standortkommandanten. Aber das Geräusch der startenden Maschinen war so laut, daß niemand sie hörte. „Wo ist Noah?“ flüsterte sie schließlich in die Gewerkschaftssitzung hinein. Aber das Streik- und Tarifgespräch war so heftig, daß keine der beiden Parteien sie hörte. Da setzte sich die Taube erschöpft an den Weg und schlief ein.
„Ist das hier dein kleiner grüner Zweig?“ fragte der Junge. Die Taube erschrak. „Wie heißt du?“ fragte die Taube. „Ich heiße Noah!“ antwortete der Junge. „Dann ist es dein Zweig!“ erwiderte die Taube. „Du bist Noah, du bist ein Kind, du bist die Arche der Hoffnung.“

„Das verstehe ich nicht!“ sagte er. Da erzählte sie ihm die alte Geschichte, und er erzählte sie weiter, und die andern erzählten sie weiter, und die erzählten sie weiter…

Übrigens: Man kann sie täglich sehen, die kleinen Archen.

Ist doch klar

Ich stehe und wachse,
wo ich stehe und wachse,
sagte der Baum,
und solange ich stehe und wachse,
wachse und stehe ich.
– Ist doch klar,
dachte der Mensch vorlaut.

Ich liege und ruhe,
wo ich liege und ruhe,
sagte der Stein,
und solange ich liege und ruhe,
ruhe und liege ich.
– Ist doch klar,
dachte der Mensch vorlaut.

Ich fließe und laufe,
wo ich fließe und laufe,
sagte das Wasser,
und solange ich fließe und laufe,

laufe und fließe ich.
– Ist doch klar,
dachte der Mensch vorlaut.

Ich jage und treibe,
wo ich jage und treibe,
sagte die Wolke,
und solange ich jage und treibe,
treibe und jage ich.
– Ist doch klar,
sagte der Mensch vorlaut.

Ich kann mich nicht verändern,
sagte der Baum.
Ich kann mich nicht bewegen,
sagte der Stein.
Ich kann mich nicht anhalten,
sagte das Wasser.
Ich kann mich nicht frei bewegen,
sagte die Wolke.
– Ist doch klar,
sagte der Mensch halblaut.

Aber du kannst es, sagten die vier.
Also tu's doch!

Da schwieg der Mensch kleinlaut.

Blindes Erkennen

Ein Sperling hatte mit seiner Familie im Efeu der wunderbaren alten Mauer mitten in der großen Stadt gewohnt. Aber die Stadtplanung war nichts für Sperlinge. Das ehrwürdige Mauerstück fiel dem Bagger zum Opfer. Ein großes neues Hotel sollte entstehen.
(In der Bürgerbefragung zum Projekt hatte es Gegenstimmen gegeben. Niemand hatte den Sperling gefragt. – Kleine fragt man nie.)
Im nächsten Sommer hatte der Sperling mit seiner Familie an dem verfallenen Fabrikgebäude genistet. Der Traum vom Dauernest war bald zu Ende. Das Fabrikgebäude fiel dem Bagger zum Opfer; denn die Flugplatzerweiterung stand an.
(In der Bürgerbefragung hatte es mehrere Gegenstimmen gegeben. Niemand

aber hatte den Sperling gefragt. – Kleine fragt man nie.)
Im folgenden Sommer hatte der Sperling mit seiner Familie in der Hecke an der alten Kate gewohnt, am Rande der kleinen Stadt. Aber die Straßenplanung war nichts für Sperlinge. Die Kate fiel dem Bagger zum Opfer. Die Autobahn wurde gebaut.
(In der Bürgerbefragung hatte es viele Gegenstimmen gegeben. Niemand aber hatte den Sperling gefragt. – Kleine fragt man nie.)
Im vierten Sommer hatte der Sperling mit seiner Familie an der Ecke eines großen Mehrparteienhauses gewohnt. Aber die Stadtsanierung war nichts für Sperlinge. Mit Wasserdruck und scharfen Mitteln rückte man dem grünen Befall, wie sie es nannten, zu Leibe.
(In der Hausbewohnerbefragung hatte es keine Gegenstimmen gegeben. Und

vom Sperling wußte ja keiner etwas.) In diesem Sommer nun nistete sich der Sperling mit seiner Familie in der Nische zwischen Hecke und Ecke der Seniorenwohnanlage ein. Schon der Name war so unsperlinghaft. Aber was soll's. Als der Sperling sang, öffnete sich das Fenster, und eine alte Frau sah heraus und lächelte.
Siehst du, wer ich bin? fragte der Sperling. Ich bin blind, erwiderte die alte Frau, aber ich höre, wie du aussiehst.

Gleichberechtigung

In einem Satz wohnten zu einer bestimmten Zeit einige Wörter, ganz so, wie etwa Menschen in einer Straße wohnen. Also, in einer solchen Satzstraße wohnten etliche Wörter. Ich erinnere mich noch genau an den Satz:
„Bei uns herrscht Frieden." Es war ein wunderbarer Satz, und jedes Wort war glücklich, daß es zu dem ganzen Satz beitragen konnte. „Bei" sagte zu den andern: „Können wir nicht froh sein, daß wir miteinander leben?" und „uns" sagte zu seinen Freunden: „Ich bin froh, daß ich alles zusammenfüge." So ging es auch den übrigen, und sie bildeten eine richtige Gemeinschaft.
Eines Tages kamen zwei neue Wörter; sie kamen von weither und hießen „for ever".
„Igittegitt", sagten die Einheimischen,

„das sind ja fremde Wörter, das sind ja reineweg Fremdwörter."
„Die riechen schon so komisch", sagte „Frieden".
„Die sehen auch so anders aus", sagte „bei".
„Die können wir nicht brauchen!" sagte „uns".
„Wir müssen sie höflich, aber bestimmt verabschieden", meinte „herrscht".
So taten sie sich zusammen und versuchten, den beiden Fremden klarzumachen, daß sie hier nichts zu suchen hätten. „Wissen Sie, bei uns ist jede Stelle im Satz besetzt. Und außerdem kann Sie ja niemand verstehen. Und schließlich und überhaupt haben Fremdwörter hier nun wirklich nichts zu suchen. Verstehen Sie bitte recht, es ist kein böser Wille, aber ..."
Und während sie noch so scheinheilig argumentierten und dabei ihre Plätze

verließen, huschten andere Wörter an ihre Stelle: In die Wohnung von „bei" zog „gegen", in das Appartement von „uns" zog „alle", in das Zimmer von „herrscht" zog sein Großvater „wütet", und in das Haus von „Frieden" hielt „Haß" Einzug. Ehe sich die Einheimischen richtig besinnen konnten, war aus ihrer Satzstraße eine fürchterliche Fratze geworden: „Gegen alle wütet Haß!" Da weinten sie und erkannten, wie schön es gewesen wäre, wenn sie die Fremdwörter aufgenommen hätten: „Bei uns herrscht Frieden, for ever!" Nun war es zu spät, und seit diesem Ereignis wohnen sie nur noch zur Untermiete, jederzeit kündbar.

Die Schnuppe

Bei der Konferenz der Himmelslichter warf sich als erste die Sonne ins Wort: „Wenn ich scheine, machen die Menschen Urlaub und freuen sich des Lebens."
Der Mond gab sich etwas bescheidener: „Selbst wenn ich zugeben muß, daß ich mein Licht von dir beziehe", nickte er zur Sonne hin, „so kann ich doch behaupten, daß vor allem Liebende mich mögen, und besungen wurde ich viel."
Der Polarstern konnte nicht mehr schweigen: „Was würden die Seefahrer und die Wüstenreiter ohne mich tun? Hm? Könnt ihr mir das sagen?" Der Komet schwieg. Er zog statt dessen majestätisch an den anderen vorbei und ließ seinen glühenden Schweif tanzen. Was für eine Erscheinung! Venus und Mars, Sirius und Cassiopeia – sie alle hatten

Entscheidendes zu sagen, beriefen sich auf ihr Alter und ihren Glanz, auf ihre Farbe und Position. Da huschte eine winzige Sternschnuppe vorüber. Kurz hielt sie an:

„Wenn ich auftauche, können sich die Menschen etwas wünschen. Und mit ihrem Wunsch kommen sie ins Träumen, und mit ihrem Traum gewinnen sie Leben."
Sprach's und – verglühte.

Warum die Giraffen einen langen Hals haben

Als Gott, der Schöpfer, zu Beginn der Welt die Tiere versammelte, machte er ihnen ein überraschendes Geschenk: Er gab ihnen die Fähigkeit, zu reden. Er wollte, daß sich die Tiere miteinander unterhalten könnten, daß sie sich gegenseitig informierten, eben all das, was man mit der Sprache kann: Guten Morgen sagen und Gute Nacht! Wie geht es dir? Was macht deine Familie? So hatte es sich der Schöpfer gedacht, weil die Welt noch lebendiger werden sollte, noch schöner, noch bunter.

Vor allem die Vögel waren als erste sehr glücklich, weil sie endlich Texte zu ihren Melodien hatten. Besonders die Lerche tat sich hervor und jubelte von morgens bis abends. Aber auch die Nachtigall zeigt ja bis heute, was sie

kann. Doch auch die anderen Tiere benutzten die Sprache, um zu beraten, Beschlüsse zu fassen, Gedichte zu schreiben und Briefe.
So sah man, wie der junge Dachs oft da saß, grübelte und schließlich herrliche Verse schrieb, die die anderen Tiere auswendig lernten, so schön waren sie. Oder auch die weise Eule: Endlich konnte sie in Ruhe philosophieren und den anderen viel über den Sinn des Lebens sagen. Der Papagei, der große Spaßmacher, benutzte die Sprache, um viele Witze zu erzählen, so daß die anderen sich halb totlachen wollten. Der Kranich, der berühmt war für seine Politik, hielt nun große Reden, und viele klatschten, weil sie endlich verstanden, was er meinte.
Ja, so gefiel es dem Schöpfer, und die Sprache wurde wirklich zu einem Geschenk des Himmels. Wenn jetzt ein

Tier traurig wurde, konnte es über seine Traurigkeit reden, war jemand glücklich, konnte er es aussprechen. So hatte es sich der Schöpfer auch vorgestellt, und die Welt war voll vom Reden, Singen, Schreiben und Lesen. Aber unter den vielen Geschöpfen war eins, das aus der Reihe tanzte: die Giraffe. Sie war so neugierig, daß sie ihre Nase überall reinsteckte. Sie war so schrecklich neugierig, daß ihr Hals dabei immer länger wurde, denn sie kam ja mit den Ohren sonst gar nicht überall hin. Und dann wackelte sie vor Aufregung mit dem Kopf, denn was bekam sie da alles zu hören: Sie kriegte zum Beispiel mit, wie die Maus ihren Liebeskummer beichtete. Das war so ungeheuer aufregend, daß die Giraffe das sofort jedem erzählte, ob der es nun hören wollte oder nicht. Sie hörte auch, wie die alte Schildkröte über ihre Krankheit erzählte. Sofort muß ich das den anderen sagen, dachte die Giraffe und tat es auch. Eines Tages hörte sie auch, wie die Elster einen Diebstahl bekannte. Da hatte die Giraffe nichts Eiligeres zu tun, als es den anderen Tieren brühwarm weiterzuklatschen. So ging das jahrein, jahraus. Der Hals der Giraffe wurde immer länger, so daß sie zum Trinken ganz komische Verrenkungen machen mußte. Schließlich konnte sie nur noch von den Bäumen fressen. Das Schlimmste aber war: Inzwischen hatte sie das Vertrauen der anderen Tiere verloren. Zuerst war es noch ganz gut gegangen, denn für ihre neuesten Nachrichten, wie sie es nannte, fand sie eigentlich immer Abnehmer. Aber dann sprach es sich herum, daß man der Giraffe wirklich nichts anvertrauen konnte. Mehr noch: Man durfte sie nicht einmal mehr einladen, wollte man nicht Gefahr lau-

fen, tags darauf in aller Munde zu sein. So wurde die Giraffe sehr, sehr traurig; denn keiner wollte etwas von ihr wissen. Sie hatte allen Kontakt verloren, besaß keine Freunde mehr und wurde ganz einsam. Und alles war nur so gekommen, weil sie das himmlische Geschenk der Sprache mißbraucht hatte. Da ging sie in ihrem Kummer zum Schöpfer. Der sagte ihr: Du kannst dich noch ändern; du mußt schweigen lernen. Wichtig aber ist, daß du es den anderen weitersagst.
Deshalb sieht man heute noch, daß die Giraffen sich unter andere Tiere mischen, um sie vor der Einsamkeit zu warnen.

Moral: Die Giraffen sind mitten unter uns! Oder: Bin ich etwa eine?

Erinnerung

Sie standen gemeinsam im Stall: ein Pferd, ein Ochse, ein Rennauto und ein kleiner Esel. „Eins will ich euch sagen", begann das Pferd, „meine Vergangenheit läßt euch vor Neid erblassen. Eine Linie meiner Vorfahren läßt sich auf die berühmten Stuten des Propheten zurückführen, eine andere Linie reicht bis zu den Lipizzanern, eine dritte führt zu den Trakehnern, und schließlich habe ich das Blut der Kavallerie Napoleons in mir."
„Als ich noch Stier war", begann der Ochse, „war ich stolz darauf, daß sie mich als Goldenes Kalb gossen. Als ich Ochse wurde, verband ich mit meiner Tradition den Aufstand der Nubier."
„Typisch Ochse", wieherte das Pferd.
„Ich fuhr die großen Rennen", begann das Auto. „Auf dem Nürburgring, in La

Panne und überall in der Welt. In mir saß der große Manuel Fangio. Könnt ihr euch das vorstellen?“

Und so fuhren sie fort, sich ihrer Vorfahren zu rühmen, obwohl das Pferd hinkte, der Ochse auf einem Auge blind war und das Rennauto keinen Motor mehr hatte.

„Was ist mit dir, du Esel“? wandte sich das Pferd an den Grauen.

„Nichts weiter“, antwortete der leise, „aber einer meiner Vorfahren trug das Christkind.“

Das Wunder der Liebe

In der katholischen St.-Georgs-Kirche wohnte einst eine Kirchenmaus. Seit Jahren war sie dort zu Hause, und sie war stattlich anzusehen. Zwei besondere Festtage gab es für Alois, wie sie genannt wurde: Weihnachten natürlich; denn dann schlüpfte sie behende in das Stroh der Krippe und konnte knabbernd das Jesuskind betrachten. Der andere Festtag war Palmsonntag, weil die Palmwedel solch einen herrlichen Geruch verbreiteten.

In der evangelischen Apostelkirche wohnte einst auch eine Kirchenmaus. Sie hieß Elsbeth und war eine junge hübsche Kirchenmaus mit glühenden Stecknadelaugen. Für sie gab es auch zwei besondere Festtage: Weihnachten natürlich; denn dann schlüpfte sie behende in das Stroh der Krippe und konnte knabbernd das Jesuskind betrachten. Der andere Festtag war der Buß- und Bettag. Da kamen keine Leute mehr zur Kirche, und so konnte sie in aller Ruhe Alois besuchen, was zur Folge hatte, daß sie sich ineinander verliebten.

– Willst du meine Frau werden, liebe Elsbeth? fragte Alois behutsam.

– Ja, ich will, lieber Alois, hauchte Elsbeth.

Und sie küßten sich heimlich auf der Empore, und die Turmfalken sagten später, es sei noch zu mehr gekommen.

– Ich kann aber nicht katholisch werden, flüsterte Elsbeth.

– Und ich kann nicht evangelisch werden, fiepte Alois.

– Dann holen wir uns eben die Befreiung von der Formpflicht, meinte Elsbeth, die einmal gehört hatte, wie ihr Pastor darüber sprach.

Auf dem beschwerlichen Weg durch die Instanzen verloren sie den Mut, weil sie nicht verstanden, daß sie als altgediente Kirchenmäuse nun fast zum ketzerischen Sonderfall werden sollten.

– Bewahren wir uns lieber das Wunder unserer Liebe! sagte Alois. So verließen beide kurzerhand ihre geliebten Kirchen und nahmen Mäusedienste auf in einem Großmarkt.

Wer andern eine Grube gräbt

Wolf und Fuchs gingen eines Tages wieder einmal gemeinsam jagen. Sie hatten sich einen guten Platz ausgesucht: Unweit einer fetten Weide, wo man viele gutgenährte Schafe finden konnte, war ein kleines Waldstück, durch das ein Weg lief, der zum Schafstall führte. Genau hier also mußte die Herde vorüberkommen.
Wolf und Fuchs gruben ein tiefes Loch. So hatten sie es gelernt, und so sollte es auch diesmal wieder gelingen. Denn von alters her schmeckt den Wölfen und Füchsen dieser Welt fettes Hammelfleisch am besten. Nachdem beide die schwere Arbeit vollendet hatten, legten sie sich hin, um zu schlafen und zu warten. Sie wollten die Vorfreude genießen. Darüber wurde es Abend.
Der Leithammel blökte seine Herde zu-

sammen, und alle traten den Heimweg an.
„Aber seid vorsichtig“, sagte das Leittier. „Hier kommt es oft vor, daß Wolf und Fuchs irgendwo lauern.“
Die Schafe sind nämlich längst nicht mehr so dumm wie früher. Leise bewegte sich die Herde dem heimatlichen Stall entgegen.

Als sie sich der Stelle näherten, wo Wolf und Fuchs schliefen, traten sie besonders vorsichtig auf und kamen buchstäblich ungeschoren davon.
Erst in weitem Abstand gaben sie ihrer Freude Ausdruck, machten Bocksprünge und blökten lustig in den Abendwind. Davon wachten Wolf und Fuchs auf. Als sie blitzartig erkannten, was sie verpaßt hatten, sprangen sie wütend auf, machten einen verzweifelten Satz zur Seite und – fielen in die Grube.

Wem diese Moral zu billig ist, der ist nicht einmal ein Schaf.

Wer sich übernimmt ...

Wenn man den Globus an einer Stelle festhält, wo man es sonst nicht tut, dann ist man in Australien. Wenn man dann noch die Augen zumacht, sieht man das Känguruh, von dem unsere Geschichte erzählt. Es war einmal ein Känguruh, so ziemlich genau in der Mitte des letzten Erdteils, das hatte einen herrlichen Beutel. Alle Känguruhs haben Beutel. Das ist ja auch sehr praktisch, weil man alles am eigenen Leibe tragen kann. Und weil das Leben zuweilen lang ist, braucht man auch viel.

Es war also einmal ein Känguruh, so ziemlich genau in der Mitte des letzten Erdteils, das hatte einen herrlichen Beutel. Es hatte auch schon viel drin; denn beim Einkaufen konnte es gar nicht genug kriegen. Was hatte es alles gesammelt:

Edelsteine und anderen Schmuck, Porzellan, Bücher, Bilder, Uhren und auch einen Bumerang, weil man den ja in Australien braucht. Die anderen Känguruhs machten sich mittlerweile schon lustig über dieses eine, und es gab genug kluge Stimmen, die sagten: Das wird ein schlimmes Ende nehmen. Denn wer sich überbeutelt, darf sich über die Folgen nicht beschweren.
Eines Tages ging das Känguruh mit vollem Beutel stolz durch die Straßen der Stadt, so daß jedermann sehen konnte, wie es vorne am Bauch hin und her schwappte. Man muß ja zeigen, was man hat.
Zu allem Überfluß betrat es ein großes Kaufhaus und konnte dem Trieb, neue Sachen zu erstehen, nicht widerstehen. Es kaufte einen geheizten BH, karierten Nackellack, eine Verzierung für Klobürsten und ein Porträt von Roy Black;

also richtig lebensnotwendige Sachen. Da brach eine Feuersbrunst im Kaufhaus aus.

Alle konnten sich retten, nur das Känguruh nicht, weil der volle Beutel den rettenden Sprung verhinderte.

Moral: Nicht nur in Australien wird manches zum Bumerang.

Die Maulwürfe

Als die Welt begann,
vertrugen sich die Tiere.
Aber es dauerte nicht lange,
da fielen die Großen
über die Kleinen her
und die Starken über die Schwachen.
So blieb es eine halbe Ewigkeit,
bis es unerträglich wurde,
weil zwei große Kriege
die Welt erschüttert hatten
und neue Kriege bald in Gang kamen.

Die raffinierten Füchse schlugen
Kapital aus dem Geschehen,
die gierigen Hyänen machten sich
über die Reste her,
Raubvögel schlugen verirrtes Leben,
Wölfe heulten über Kadavern,
Elefanten zertrampelten die letzte
Hoffnung,

und die Geier hockten selbstsicher
am Rande der Geschichte.

Die Maulwürfe hatten sich samt und
sonders verkrochen,
Motten und Mücken mieden das Licht,
das Niederwild traute sich nur noch
abends auf die Lichtung,
Schafe drängten sich ängstlich
zusammen,
und die Eintagsfliegen waren froh,
wenn sie ihre 24 Stunden geschafft
hatten.
Wie gesagt – es war unerträglich
geworden.

In ihrer Verzweiflung betäubten sich
viele Tiere mit Gift,
besonders die jungen,
weil sie den Zustand ihrer Welt nicht
mehr ertragen konnten,
andere aber wanderten aus.

Die meisten aber beneideten
die Maulwürfe,
die sich verkriechen konnten,
und versuchten,
es ihnen nachzutun.
Aber so kamen sie nicht weiter.
Da bat die weise Eule um Gehör:
Warum habt ihr Angst?
Ist euch das Leben so wenig wert?
Worte machen kann jeder!
Verkriechen kann sich jeder!

Da berieten sich die Tiere
und erkannten,
daß sie einen schweren Fehler
gemacht hatten:
Sie hatten vergessen,
was sie immer schon wußten:
daß jeder nur einmal lebt.

Moral: Sag es den Maulwürfen!

Königliches Schach

Am 30. Februar berief der schwarze König alle Figuren nachts um 0.64 Uhr auf die Felder c4, d5, e5 und d4 zu einer Vollversammlung. Als erste hatten die Bauern das Wort:
„Majestät“, sagte der weiße B-Bauer und verneigte sich tief, „Majestät, wir haben den Eindruck, daß wir kleinen Leute immer an der vordersten Front verheizt werden.“ Unter großem Applaus bestätigten die anderen Bauern diese Worte.
„Majestät“, fuhr der Sprecher fort, „uns nützt weder ein Doppelschritt noch das en-passant. Wir können höchstens von Glück sprechen, wenn wir durchkommen. Aber selbst dann bleiben wir nicht, wer wir sind, sondern werden zu Offizieren oder aber, Majestät, bitte, es soll nicht aufdringlich klingen, oder

aber wir werden zur Gattin von Majestät." „Ja", sagte der schwarze König, „das liegt an der Eröffnung, und so sind auch die Spielregeln. Ihr seid eben als kleine Leute geboren, also erleidet ihr auch deren Schicksal."

Da meldete sich der schwarze Springer von Feld G zu Wort. „Majestät", begann er, „Majestät, wir Springer haben neulich einmal am Rand über alles gesprochen, das war, als wir gerade alle vier

geschlagen waren. Wir haben den Eindruck, daß ausgerechnet die Beweglichen in den Hexenkessel des Geschehens gestürzt werden und notwendigerweise darin umkommen müssen."
„Nun denn", sagte der König, „ich höre eure Klage wohl, aber bitte bedenkt, der Bewegliche schützt durch sein Opfer den Bestand der Autorität. Ich danke euch." Da wagte sich der weiße C-Läufer vor, machte eine tiefe Verbeugung und begann: „Majestät, wir Läufer repräsentieren die Dynamik im Reiche eurer Macht. Aber wir haben den Eindruck, daß man gerade bei uns das Rassenproblem hochspielt. Schwarz und Weiß sind unsere Farben, wir dürfen nie auf ein und demselben Feld stehen. Wir empfinden das als Ungerechtigkeit."
Der König antwortete: „Ich höre eure Rede. Aber bedenkt, wo kämen wir hin

auf der Welt, wenn ausgerechnet hier auch noch Frieden wäre, wo es doch schon alles andere gibt?!" Schließlich traten alle vier Türme hervor, verbeugten sich nicht und sprachen: „Scheiße! Immer dieselben Ausflüchte." Zornig wollte der König aufbegehren, besann sich aber darauf, daß er die Türme brauchte, denn sie waren die Stütze überhaupt für seine Macht.
Während des Ganzen hatten die Damen eigentlich immer nur miteinander geflüstert, blinzelten sich zu und freuten sich schon auf die nächste Begegnung, wußten sie doch, daß alles an ihnen lag.
Die Figuren waren nicht zufrieden, aber auf einen geheimen Wink hin verneigten sich beide Könige voreinander, rochierten und waren in Sicherheit.
Das Schlimme aber war: Beim nächsten Kampf machten alle wieder mit, genauso wie vorher.

Der Wolf und die sieben Geislein

„Paßt gut auf“, sagte die alte Geis zu ihren sieben Töchtern. „Ich habe heute meine Sitzung beim Psychiater, es kann lange dauern. Ihr wißt, ich trage zur Zeit mein Konfliktfeld aus. Mein Über-Ich ist nicht in Ordnung, man könnte auch von Frustration sprechen. Noch weiß ich nicht, ob es mit dem Klimakterium zusammenhängt; jedenfalls ist der Psychiater hervorragend. Ich hoffe auf mein Glück. Also: Paßt gut auf. Laßt niemanden herein. Es laufen so viel Sexualverbrecher herum. Ich mahne euch zur Vorsicht.“

Sprach's und ging zur Sitzung.

Es dauerte nicht lange, da klopfte es.

„Wer ist da?“ meckerte der eine Teenager.

„Lupus, dein Lupus.“

Sofort ging die Tür auf, und herein kam

ein prächtiger Wolf, küßte die Geis zart auf die Schnauze und legte sich gleich lang neben den Kassettenrekorder.
Beim nächsten Klopfen wurde erst gar nicht mehr gefragt. Und so ging es weiter, bis endlich sieben junge starke Wölfe im Zimmer der sieben Geislein waren. Es wurde eine dufte Party.
Spät kam die alte Geis zurück. Sie fand alles in Ordnung vor. Nach dem Abendbrot sagte sie zu ihren Kindern:
„Hört mal, meine Kleinen, ich muß euch etwas anvertrauen. Ich erwarte Nachwuchs."
„Herrlich", meckerten die Geislein. „Weiß es Vater schon?"
„Nein", sagte die alte Geis, „das ist es ja eben. Was ich über dem Euter trage, ist vom Psychiater."

Moral: Man kann sich weder auf die Wölfe noch auf die Psychiater verlassen.

Die Blume und der Kolibri

Es war einmal eine kleine Blume – und wer sich selbst kennt, weiß, wen ich meine – also: Es war einmal eine kleine Blume, die stand mitten in der Wüste, war es nun eine Wüste aus Sand oder aus Stein oder aus Geld; jedenfalls war es eine Wüste.

Täglich wartete die kleine Blume auf einen Regentropfen. Immer hatte man ihr erzählt, wie wichtig und schön der Regen sei. Doch wenn es wirklich nach Regen roch, kamen die Geier und fingen alle Hoffnung ab.

Mit Mühe hielt sich die kleine Blume im lockeren Boden und hatte einfach Angst, Angst vor der sengenden Hitze, Angst vor der Einsamkeit, Angst vor dem nächsten Sturm. Ein Kolibri sah ihre Traurigkeit und sagte dies den anderen Tieren weiter.

Der Stier hatte kein Interesse. Für ihn galt nur, was stark ist. Auch der Bernhardiner blieb kalt, ihn rührte nichts. Sein Hobby war die Langeweile. Und die Elster, die immer so große Töne schwang, sagte, sie habe zu viele Termine und wirklich keine Zeit.
Da war der Kolibri verzweifelt; denn was sollte er, ausgerechnet der Kleinste, tun? Es konnte doch nicht wahr sein, daß sich die anderen Tiere drückten!
Da schwirrte er kurzentschlossen zu den Ameisen und berichteten ihnen von der großen Traurigkeit der Blume. Ohne zu zögern, bildeten die kleinen Tiere eine lange Kette, schleppten Grassamen und Früchte bis an die Wurzel des Kummers, benetzten alles ein wenig mit Tau, und es dauerte nicht lange, da wuchs Leben mitten in der Wüste, und die kleine Blume entwickelte sich zu einem strahlenden Glanz, den ihr niemand zu-

getraut hatte. Und alles war nur möglich, weil der Kolibri die Ameisen benachrichtigte.

Der Stein der tanzenden Fische

Gleich vorne links im Meer, so zwischen Ebbe und Flut, liegt seit alters ein großer Stein, der heute nichts anderes zu tun hat, als zu liegen, wie es eben die Eigenart von Steinen ist.
Aber den Sonntagskindern, die noch das Gras wachsen hören, verrät er eine wunderbare Geschichte.
Die will ich euch jetzt erzählen.
Vor vielen tausend Jahren gab es eine furchtbare Zeit im Meer. Es herrschten die Echsen und Schlangen. So war es damals, wie es immer ist, wenn Echsen und Schlangen herrschen: Die kleinen Fische hatten nichts zu lachen. Nur so zum Spaß mißbrauchten die Untiere ihre kleinen Mitgeschöpfe, jagten sie durch das Wasser, spießten sie auf scharfe Unterwasserfelsen oder zerstörten ihre Wohnungen. Zuweilen

brach nachts der Schrecken über die kleinen Tiere herein, wenn die Großen überraschend einbrachen und niedermachten, was ihnen vor die Flossen und Mäuler kam. Es gab da welche, die sich verstecken konnten: Zum Beispiel der Einsiedlerkrebs, er schaffte es. Aber die Welt kann ja nicht nur aus Einsiedlern bestehen. Oder auch die Grottenolme. Aber es gibt gar nicht so viele Grotten, die man brauchte, um die kleinen Fische vor Echsen und Riesenschlangen zu schützen.

Eines Tages versammelten sich die Fische auf dem Äquator und hielten rund um die Erde Beratung. Es fiel ihnen jedoch nichts ein, was sie hätte retten können.

Am 20. Juli – es kann aber auch ein ganz anderer Tag gewesen sein – wagte ein kleines Lanzettfischchen sich bis an das Hauptquartier der Echsen. Aber bevor der geplante Anschlag auf den Führer der Echsen gelingen konnte, flog die Verzweiflungstat durch Verrat auf, und viele Fische fanden den Tod, vor allem waren es Rotbarsche, die weißen Rosenfische, die schwarzen Aale und die violetten Schollen.

Die Echsen und Schlangen hielten grausame Rache unter den kleinen Fischen. Aber es kam der Tag, an dem Echsen und Riesenschlangen von den Haien und Schildkröten angegriffen und vernichtet wurden, so daß sie im eigenen Blut ertranken.

Gleich vorne links im Meer, so zwischen Ebbe und Flut, liegt der alte Stein, an dem sich die kleinen Fische versammelten und tanzten, tanzten, tanzten.

Es war, als wären ihnen Augen auf die Schuppen gefallen, denn sie sahen und erkannten den Sinn der fröhlichen Schöpfung.

Unter dem Regenbogen

Die Abendsonne verwöhnte die Augen mit ihrem späten Glanz, legte sich auf das Wasser, als wollte sie sich selbst sonnen in einem Sommer, der keiner ist. Dichter, kleiner Regen fiel mitten in die Strahlen, ich lehnte mich an das Geländer und sah, wie der Regenbogen wuchs, um sich endlich über die Horizonte zu spannen wie eine halbrunde Palette oder als habe einer den Zirkel genommen und mit Aquarellfarben ein Kirchenfenster gezogen.

Ob wohl viele Menschen diesen Bogen sahen, der dann doppelt wurde und so lange stehen blieb, wie ich es noch nie erlebte?

Da fiel mir wieder ein, daß der Bogen in den Völkern der Erde immer ein Zeichen des Friedens war: zwischen Gott und den Menschen, zwischen Stämmen

und Sippen, zwischen Erdteilen und Rassen.
Und als ich so dachte, war es, als begönne der Bogen zu reden: „Seit Menschengedenken“, sprach er, „habe ich meinen Platz am Himmel, um euch Menschen klarzumachen, wie man Unverbundenes verbindet, Ungewisses gewiß macht, Unbegrenztes begrenzt, Unversöhnliches versöhnt, Ungeliebtes liebt. Ich brauche die Sonne und den Regen, die beiden Elemente des Lebens. Denk darüber nach“, schien er zu sagen, „denk nach und begreife, was das für die Welt bedeutet!“
Und ich dachte und fand, daß die Welt voll ist von Unverbundenem, Ungewissem, Unversöhnlichem und Ungeliebtem.
Ich dachte an die Kinder unserer Zeit, ich dachte an die Opfer, an die Täter dachte ich und an den Haß.

„Du hast leicht reden“, sagte ich zum Regenbogen, „du überspannst die Enden der Erde und bist schon Zeichen.“
„Dann überspann du die Enden deines Alltags“, erwiderte der Regenbogen, „und nimm dazu die Elemente des Lebens: nicht Regen, nicht Sonne, sondern Tapferkeit und Liebe!“
Ich weiß noch, daß ich ihm versprach, es zu versuchen – nicht mehr und nicht weniger. Inzwischen aber träume ich davon, ein Leben unter dem Regenbogen zu führen, zusammen mit Menschen, die tapfer sind und liebevoll; nicht nur im späten Glanz einer Abendsonne. Der Regenbogen schwieg und verschwand, als Sonne und Regen fehlten, aber es blieb die Erkenntnis und verwöhnte das Gewissen mit neuem Glanz.

Die drei Wünsche

Es war einmal ein Mann – so beginnen natürlich alle Märchen; außerdem finden Märchen ja auch statt, denn sie spiegeln nur die Rückseite der Wirklichkeit – also, es war einmal ein Mann, der es schwer hatte mit seinem Leben: Er konnte nicht mehr richtig sehen, nicht mehr richtig hören, nicht mehr richtig fühlen und nicht mehr richtig handeln. Es ging ihm wirklich sehr, sehr schlecht. Oft quälte er sich nur noch durch den Tag, und vor allem die Nächte wurden zur Qual. Automatisch tat er tagsüber seine Arbeit, automatisch schaltete er abends das Fernsehen ein, automatisch mähte er den Rasen, automatisch rasierte er sich, automatisch ließ er sich in den Vorstand wählen, automatisch bezahlte er die Rechnungen, automatisch machte er so etwas wie Urlaub. Automatisch wurde er zum Automaten. Er war sehr unglücklich, und sein Arzt sagte ihm, es sei Streß, sonst allerdings sei alles in Ordnung. Doch es änderte sich nichts. Automatisch wurde er zum Einzelgänger, wurde verbittert und grübelte oft über die Ungerechtigkeit der Welt.

Als er eines Tages im Halbtraum so dasaß, erschien ihm eine Fee. (Wer meint, es gäbe keine Feen, der hat sich noch nie um die Rückseite der Wirklichkeit gekümmert. Da wohnen sie nämlich, die guten Gedanken und Träume, die wichtigen Hoffnungen und Erkenntnisse. Eine echte Fee ist nämlich der schöne Gruß aus dem eigenen Innenraum. Aber denkt doch, was Ihr wollt; ich weiß nämlich. . .) Da hörte er die Fee sagen: „Du hast drei Wünsche frei. Aber sei klug, denn ein guter Wunsch ist der erste Schritt zur Veränderung.“ Er dachte lange nach, was ihm schon erhebliche Mühe bereitete, denn gutes Nachdenken setzt viel Freiheit voraus und vor allem viel Liebe. Er aber saß ja schon tief drin in der Gefangenschaft des modernen Menschen. Doch plötzlich war es ihm klar. Zaghaft und fast ein wenig schüchtern wandte er sich an die Fee und sagte: „Ich wünsche mir, daß ich die vielen belastenden Bilder loswerde." „Du hast gut gewünscht", sagte die Fee. „Und dann wünsche ich mir, daß ich die vielen quälenden Geräusche loswerde!" „Wiederum gut!" meinte sie. „Und schließlich wünsche ich mir, daß ich frei werde von den quälenden Gefühlen!" „Ja", meinte sie, „wenn du das ehrlich meinst, gehen deine Wünsche in Erfüllung, aber es bedeutet, daß du das preisgeben mußt, was dir bisher so wichtig war: die feststehenden Bilder, sonst paßt nichts

Neues in deine Augen! Und auch deine feststehende Meinung, sonst paßt nichts Neues in deine Ohren. Und auch dein vermeintlicher innerer Reichtum, sonst passen keine neuen Geschenke in dein Herz." Da wachte er auf und entdeckte die Fähigkeit zu neuem Handeln.

Moral: Wunder finden im Alltag statt.

Das Nest

Tagelang hatte ich es übersehen, aber in der Nacht, als der Mond grün wurde und aussah wie Götterspeise, blieb ich vor ihm stehen: Es war leer. Doch erzählte es mir diese Geschichte.

„Nun schon vor Monaten legten sie den Grundhalm, die beiden, die sich entschlossen hatten, mich zu bauen, um mit mir zu leben. Was trugen sie da alles zusammen, kleine und große Elemente, aus der Nähe und von weither, und kunstvoll legten sie alles um die Äste, machten sich Mühe und waren sehr fleißig. Nur Tage dauerte es, aber es war eine erfüllte Zeit. Rastlos und doch sinnvoll, emsig und doch geduldig, nach Plan und doch in Freiheit entstand ich und wuchs zu einer kleinen Heimat: versteckt genug gegen neugierige Blicke, verborgen genug gegen Katzen, offen genug für das Erlebnis der Freiheit, frei genug für An- und Abflug. Ja, das hatten die beiden großartig gemacht, und die Zeit des Wartens auf das Schlüpfen der Jungen war aufregend und leise zugleich bis zu dem Augenblick, wo ich zeigen konnte, ob ich hielt."

So stand ich vor dem Nest, als es mir seine Geschichte erzählte. Genau konnte ich mir vorstellen, wie sich an diesem winzigen Punkt des Universums das Leben verdichtete. Mitten in meine Gedanken hinein ging der Bericht weiter:

„Was haben die beiden für Sorgfalt aufgewandt, damit den Jungen die Federn wüchsen! Gejagt und gesammelt haben sie, geflogen und gefüttert, zuweilen müde vor Nässe und auch triefend vor Angst. Aber die Federn wuchsen. Da begann die Zeit der Einübung in die Freiheit: fordern und locken, vormachen und abwarten, mitmachen und wagen. Ich habe es miterlebt, wie die Brut erfahren wurde und Tag um Tag auf dem Nestrand übte."

„Und dann?" fragte ich, weil mir längst in den Sinn kam, wie es in Menschennestern aussieht.

„Und dann", fuhr das Nest fort, „kam der Augenblick der Entscheidung. Alle drei Jungvögel erhoben sich in die Luft, breiteten die Flügel aus und erfuhren, wie die Luft trug. Das war ein Erlebnis. Ein bißchen zerrupft sahen die Eltern aus, ein wenig erschöpft, aber wenn ich mich nicht täusche, waren sie glücklich über den Lohn der langen Arbeit für junges Leben."

„Und wir Menschen?" dachte ich, „wir Menschen?"

Das Wunder

Ein Rabe hatte einst einen Käse gestohlen. Nun setzte er sich auf einen hohen Baum, um seine Beute genüßlich zu verzehren.

Vom Krächzen des Raben wurde ein Fuchs angelockt, setzte sich unter den Baum und sagte mit lockender Stimme: Nie habe ich einen schöneren Vogel gesehen, nie habe ich eine schönere Stimme gehört. Man sollte dich zum König machen.

Der Rabe fühlte sich geschmeichelt, öffnete den Schnabel, um noch lauter zu krächzen.

Da fiel der Käse heraus und zu Boden.
Der Fuchs packte das Stück,
sein Plan war aufgegangen,
und er lief davon.

Das klägliche Krächzen des Raben
geriet ihm ins Gewissen.
So drehte er um
und brachte den Käse zurück.
Es tut mir leid, sagte der Fuchs
und verschwand.

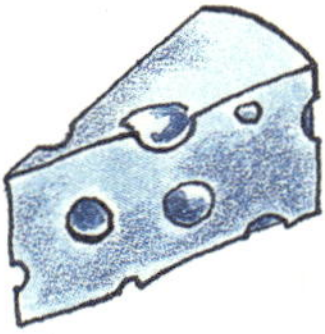

Dies ging dem Raben so nahe,
daß er den Käse nahm
und in die Milchkammer der Bäuerin
zurückbrachte.
Es tut mir leid, krächzte er.

Gott

Drei kluge Leute saßen abends vor ihrer Tür, um ihre Weisheit auszutauschen.

Da sagte der eine: „Was Menschen von der Welt wissen, wissen wir. Wir können glücklich sein."
„Ja", bestätigte der zweite, „was Menschen vom Leben wissen, wissen wir. Wir können glücklich sein."
„Nein", warf der dritte ein, „was wissen wir denn über Gott? Können wir also glücklich sein?"
Da dachten sie nach und beschlossen endlich, sich auf den Weg zu machen, um Gott zu finden. Oder wenn nicht, dann würden sie wenigstens das wissen und wären wieder glücklich.
Zuerst trafen sie einen alten Mann. „Bist du Gott?" fragten sie ihn. „Wie kann ich Gott sein?!" antwortete der,

„Gott ist jünger." Betroffen von der Antwort gingen sie weiter. Gott ist jünger? Wie konnte das sein?
Auf dem weiteren Weg begegneten sie einer weinenden Frau. „Bist du Gott?" fragten sie sie.
„Wie kann ich Gott sein?!" schluchzte die Frau, „Gott ist fröhlich."
Wiederum eine seltsame Antwort.
Immerhin aber kam es ihnen in den Sinn, daß es Menschen gab, die wohl viel von Gott wußten.
Da trafen sie wenig später einen Totengräber und fragten nun vorsichtig, ob er denn wüßte, wo Gott zu finden sei?
Der aber sagte nur knapp: „Ihr dürft ihn nicht bei den Toten suchen."
Da stiegen sie auf ihre Tiere und ritten in die Nacht hinein.
Einer entdeckte plötzlich den großen Stern. „Da ist Gott!" rief er, „da ist Gott!"
Und sie richteten sich nach dem Stern.

Bald kamen sie an den Königshof, traten vor den Herrscher und fragten ihn auch: „Ja, ich bin Gott!“ erwiderte der, aber die drei klugen Leute empfanden, daß der niemals Gott sein konnte, er wirkte nicht jünger, nicht fröhlich und nicht lebendig.
Da ritten sie weiter und fragten unterwegs die Sonne: „Bist du Gott?“
„Wie kann ich Gott sein?“ strahlte sie, „kann das Geschöpf den Schöpfer spielen?“
Als es Abend wurde, sahen sie in der Ferne ein kleines Licht. Sie ritten darauf zu, stiegen dann zögernd ab, betraten leise den kleinen Stall und sahen das Kind. Die andern Leute knieten, und so knieten sie auch. Da wußten sie plötzlich alles und waren sehr glücklich.

Später saßen sie abends vor ihrer Tür, um ihre Dankbarkeit auszutauschen.

Von dem, der es schaffte

Vier Menschen mußten durch einen
Tunnel.
Sie mußten hindurch,
wenn sie es schaffen wollten:
es –
das war neues Leben,
neue Hoffnung und neuer Mut.

Der erste geriet bis an den Eingang des
Tunnels, sah hinein, sah das Dunkel,
machte kehrt,
und es änderte sich nichts.

Der zweite geriet auch bis an den
Eingang, aber er entschloß sich,
weiter zu gehen.
Etwa auf der Hälfte überkam ihn Panik:
Dunkel – Angst – Angst – Dunkel.
So machte er kehrt,
kam erschöpft am Ausgangspunkt an,

und es änderte sich nichts.

Der Dritte ging sofort ohne Zögern in
den Tunnel.
Er sah keine andere Chance.
Aber auch er geriet mitten drin
in Zweifel und Skepsis,
in Angst und Beklemmung.
Kein Vor und kein Zurück.
Er setzte sich, schlief ein, wachte auf,
irrte umher und ging elend zugrunde.

Der Vierte begann langsam den Weg in
den Tunnel.
Zuvor hatte er gebetet,
und da war es,
als nähme ein Engel ihn an der Hand.
Tastend, aber zuversichtlich
ging er ins Dunkel.
Die Angst nahm ab, und ganz in der
Ferne, ganz weit weg
wurde es hell, und das Licht wuchs.

Die Rede

Der Politiker sprach.
„Meine lieben …
es fällt mir nicht schwer –
in dieser Zeit …
wo alle wissen …
auch über das …
was sich jeder dabei …
historisch zu sehen …
nicht als Wahlgeschenk …
vielmehr als das, was es ist …
allenthalben in diesem Staat …
wo jeder doch nur …
der etwas davon versteht …
allerdings mit Einschränkung …
jedenfalls täglich …
und unübersehbar …
ja, unüberhörbar …
mehr noch: unübertrefflich …
demokratisch …
ökologisch-ökonomisch …

in dieser Stunde ...
wo es wahrhaftig darauf ankommt ...
jetzt ...
für die Zukunft ...
So wollen wir es halten!"

Danke, Herr Minister,
Sie haben uns mit Ihrer Rede
aus dem Herzen gesprochen!
sagte der Kreistagsabgeordnete.

Gar nicht so dumm

Der alte Politiker machte sich große Sorgen wegen der künftigen Entwicklung in Europa. Auf dem Wege zum Frieden sah er kaum Fortschritte, und dabei hatte er immer gedacht, politisches Handeln sei die Bekehrung zur heiteren Zukunft. Er mußte zugeben, es klang wie im Märchen; aber als er auf einem seiner Spaziergänge dies leise vor sich hinmurmelte, hörte er eine Stimme:

„Ich hätte da schon eine Idee, ich würde folgendes vorschlagen: Jedes Land bekommt ab sofort nur noch eine Waffengattung. Die Norweger übernehmen die Marine; sie bekommen dafür alle Aufträge und sind dann mit ihren Schiffen in allen europäischen Seegebieten. Die Schweiz stellt die Militärpolizei, besonders die auf Skiern; denn die Schweizer

Genauigkeit wird dafür sorgen, daß alles gut geht. Sie beschützen schon seit langem den Heiligen Vater. Dänemark stellt die Froschmänner. Die haben zu Hause schon so viel Wasser und können richtig üben. Großbritannien übernimmt die Luftwaffe. Flieger sind sowieso immer höflich, und die Engländer waren immer schon Gentlemen. Die Bundesrepublik erhält ausschließlich Hubschrauber. Da die Deutschen ohnehin leicht ins Rotieren kommen und in die Luft gehen, wäre diese Gattung in besten Händen. Die Niederlande dagegen bekommen die Panzer anvertraut. Die werden ganz sicher damit vorsichtig umgehen, schon weil sie ihre Tulpen nicht zerwalzen wollen. Belgien erhielte die Kavallerie, besonders schmuck für Staatsempfänge, und darin haben sie inzwischen Übung. Frankreich könnte die Infanterie über-

nehmen; denn die Franzosen sind nun einmal Lebenskünstler, und das muß man sein als Infanterist.
Portugal würde sicher gern die Fallschirmspringer stellen; denn sie fallen zur Zeit sowieso aus allen Wolken. Spanien dagegen könnte das europäische Heeresmusikkorps aufbieten; Flamenco und Gitarren würden in den Kasernen eine neue Stimmung aufbringen. Den Italienern sollte man die Küche überlassen; man könnte sogar eine Pizza entwerfen, die als eiserne Ration unter dem Helm zu tragen ist. Luxemburg würde in solchem Fall den Militärsport organisieren, und Liechtenstein wäre für die Kleiderkammer zuständig. Beide Länder sind klein, und wer klein ist, kümmert sich ja gern um die Großen. Die Türkei hätte für den Nachschub zu sorgen; sie haben ja Erfahrung mit Karawanen. Griechenland könnte

dann die Raketen in Obhut nehmen; auch hier liegt ja eine gewisse Tradition vor durch das Speerwerfen der alten Griechen. Die Schweden würden als Neutrale die Sanitätsabteilung stellen; denn ihr Gesundheitswesen ist gut durchorganisiert, und die Österreicher wären für die Geselligkeit zuständig. – Was meinst du zu diesem Plan?"
Der alte Politiker sah sich um und sah, daß die Europaflagge zu ihm gesprochen hatte. „Gar nicht so dumm!" dachte er, „gar nicht so dumm!"
(Bitte noch nicht weitersagen! Geheime Friedenssache.)

Die Klage der Wörter

Es geschah um die Zeit, in der die Menschen schweigen, da versammelten sich die Wörter aus allen Ländern zu einer Vollversammlung. Das geht ja auch nur, wenn geschwiegen wird. Auf der Tagesordnung standen die Punkte: Wie können wir die Inflation stoppen? Und: Wie erreichen wir einen höheren Grad des Verstehens?
„Leben" eröffnete die Aussprache mit dem Satz: „So kann es nicht mehr weitergehen!" Und alle klatschten Beifall.
Da meldete sich „Frieden" und sagte laut: „Liebe Mitsilben, eine Ewigkeit reicht nicht aus, um zu beschreiben, was man mit mir macht: Die Engel haben mich in Bethlehem gesungen, Cäsar hatte mich mißbraucht, die Kirchen führen mich im Munde, Fidel Castro hat mich benutzt. Ich tauge nichts mehr. Ich

bin abgegriffen.“ Darauf entgegnete „Leben“: „Wir sollten uns zusammentun. Zusammen mit ‚Frieden‘. Nur dann sind wir gültig.“
Da beantragte „Freiheit“ das Wort: „Ich habe das Eindruck, ich bestehe nur noch aus Buchstaben. Ich bin nicht mehr ganz. Die Französische Revolution hat mich entwertet, die Parteienpolitik macht mich krank, die Lügen hinter den vielen eisernen Vorhängen dieser Welt lassen mich schrumpfen. Ich bin nichts.“
Auch darauf entgegnete „Leben“: „Wir sollten uns zusammentun. Zusammen mit ‚Frieden‘. Nur dann sind wir gültig.“
Es entstand eine lange Pause, die alle Wörter zum Denken benutzten. Dann aber erhob „Gerechtigkeit“ seine Stimme: „Ich bin erledigt, ich sehe keinen Sinn mehr. In der Deklaration der Menschenrechte bin ich verankert, aber ich werde verraten. Jeder führt mich im

Munde, aber ich bleibe schwach und dünn. Ich bin nicht geboren, um Staub anzusetzen. Aber jetzt will ich nicht mehr."

„Wir sollten uns zusammentun", erwiderte „Leben" gütig, „zusammen mit Frieden und Freiheit. Dann sind wir gültig."

Da mischte sich „Liebe" ein und klagte: „Was soll ich denn erst sagen?! Ich werde erpreßt, gekauft, verhöhnt, entwürdigt."

Da sagte „Leben": „Wir sollten uns zusammentun, zusammen mit Frieden und Freiheit und Gerechtigkeit. Dann sind wir gültig."

„Ihr seid nichts ohne mich!" rief eine zarte Stimme. Alle blickten sich um. Da stand das kleine Wörtchen „Ja" und meinte mutig:

„Ich suche für euch das Herz eines Menschen, versteht ihr! Und dann könnt ihr wachsen, ganz langsam und ganz leise. Einverstanden?“

„Ja!“ sagten die andern. „Seht ihr“, meinte „Ja“ fröhlich, „es hat schon begonnen. Alles Leben fängt mit mir an.“

Louis Salomo

Jedes Kind kennt und kannte den großen Satchmo, dessen Stimmbänder wie eine Küchenreibe waren, aber dessen Musik die Welt verzauberte.
Eines Tages war ein Streit unter den Instrumenten ausgebrochen. Drei taten sich besonders hervor: das Spinett, die Posaune und die Trommel.
Das Spinett erzählte aus den Tagen des großen Johann Sebastian, es zitterte förmlich in den Fugen, wenn Fugen auf ihm erklangen, und es schwärmte vom strengen Kontrapunkt, von der Kühnheit der Läufe, von der Liebenswürdigkeit der Frau Bach und von den vielen Bachsöhnen, die alle so berühmt geworden waren.
Die Posaune berief sich auf die Mauern von Jericho, auf den grandiosen Erfolg und auf die Zeit des Dixie. Sie konnte für

sich in Anspruch nehmen, beinahe über Jahrtausende hinweg die ganz große Geschichte zu haben.
Die Trommel dröhnte dumpf, sie habe schließlich den größten Radius, sie habe die Fähigkeit, Menschen zusammenzurufen, und keiner könne ihr daher den ersten Rang streitig machen.
Louis Armstrong, der weise Satchmo, hörte den Streit der Instrumente und lud sie ein, mit ihm eine weite Reise zu machen.
An Ort und Stelle angekommen, sagte er zu der Trommel: „Nun hole uns die Menschen!"
Und die Trommel zeigte, was sie konnte. Die Stöcke wirbelten nur so durch die Luft, der Klang reichte weit, und die Nachricht erreichte die Herzen vieler, vieler Leute. Sie kamen alle.
Als die Menge versammelt war, sagte Louis zum Spinett: „Stelle dich in die

Kirche und spiele uns den großen guten Bach."
Da gab des Spinett her, was es konnte und musizierte wie nie zuvor. Die wundervollen Harmonien rührten die Herzen und Seelen aller.
Als das Konzert vorüber war, sprach Satchmo zur Posaune: „Nun spiele du auf zum Tanz, wir wollen feiern."
Da blies die Posaune den herrlichsten Jazz, und Louis sang dazu: „O when the saints go marching in."
Es wurde ein einmaliges Fest.
Kurz vor dem Einschlafen sagte Satchmo: „Jedes hat seine Bedeutung und Würde. Wenn das die Menschen nur begreifen würden."

Gespräch auf dem Fundbüro

Drei Geldbörsen waren abgegeben worden, und zwar von den Müllmännern der großen Stadt.
In der hellgrauen aus Saffian lag ein dicker, satter Tausender. In der schwarzen aus Schweinsleder lag ein gemütlicher, etwas zerknitterter Fünfzig-Mark-Schein.
In dem Kunststoffetui räkelten sich sieben Groschen.
Die Groschen hörten das Schnarchen des Tausenders. „Entsetzlich“, sagte der eine Groschen. „Nicht mal hier hat man Ruhe. Ich kann euch sagen, in den letzten Wochen war bei mir was los: Erst war ich in einer Dose ‚Brot für die Welt‘, danach landete ich für kurze Zeit in einer Rolle auf der Bank, kam anschließend auf den Ladentisch, zwängte mich bald darauf durch den

Schlitz einer Musikbox, flutschte über eine nasse Theke, fiel durch den Schacht eines Automaten für Kondome – aus Versehen natürlich; denn ich reichte ja nicht –, rollte eines Tages durch die Gullystäbe, wurde von Jungs herausgefischt, verwandelte mich in Kaugummi, na ja und vieles andere mehr. Jetzt bin ich hier und dachte, ich könnte mich mal ausruhen, statt dessen schnarcht da so ein Dicker."

Alle Groschen hatten ähnliche Geschichten zu erzählen.

Gegen Morgen mischte sich der Fünfzig-Mark-Schein ein. „Hört mal, Jungs", sagte er trocken, „fast möchte ich euch beneiden: Ihr seid ständig in Bewegung. Mein Leben ist ziemlich langweilig: Ich komme eigentlich immer nur von einer Kasse zur andern. Die Leute überlegen oft so lange, ob sie mich wechseln, ja ob sie mich überhaupt nehmen wollen.

Wißt ihr, man kann mit mir so schlecht Zigaretten holen oder Brötchen und so was. Ja, manchmal möchte ich euch beneiden."

Die letzten Worte hatte der Tausender mitgehört, der soeben aufgewacht war. „Leute, mit euch kann man wenigstens Deutsch sprechen. Seht mal, ich bin noch ganz platt. Mein Problem ist: Jeder will mich, und keiner braucht mich. Ich könnte das große Heulen kriegen, wenn ich daran denke ... Ach, ich darf gar nicht daran denken. Ich bin einfach zu groß für die normale Welt und dadurch eigentlich immer allein. Ich kann nur schlafen oder verzweifeln. Und wenn ich wirklich mal mit meinesgleichen zusammentreffe, dann sind es immer dieselben langweiligen Gespräche."

Da rieben sich die Groschen aneinander, um ihren Adler auf Hochglanz zu bringen, denn sie hatten plötzlich be-

griffen, daß sie durch ihre Kleinheit einen großen Wert besaßen.
Der Fünfzig-Mark-Schein aber beschloß, sich bald wechseln zu lassen, bei der ersten besten Gelegenheit.
Der Tausender aber schlief wieder ein und träumte vom bewegten kleinen Alltag. Da träumt er heute noch; denn er wurde gar nicht erst abgeholt.

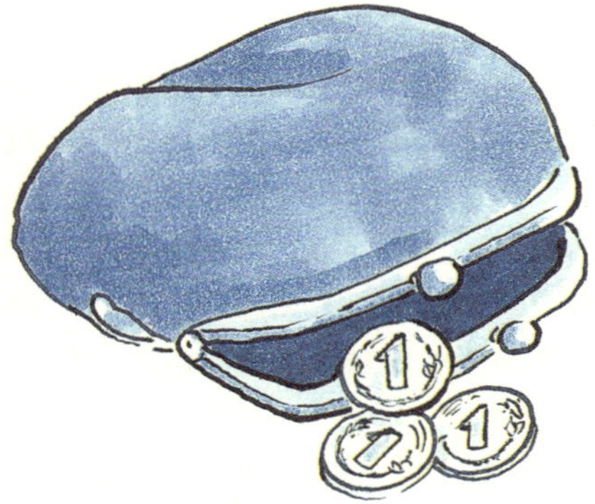

Die Ausstellung

„Expo divina".
So nannten sie die Ausstellung.

„Hier sehen Sie das buddhistische Gottesbild: dickbäuchig, rundlich, allumgreifend.

Hier sehen Sie das hinduistische Gottesbild: mehrköpfig, vielarmig, zartgliedrig.

Hier sehen Sie das islamische Gottesbild: schwarzer Stein und große Stadt.

Hier sehen Sie das sogenannte naive Gottesbild: Schnitzfigur und Talking God, Manitou und Ebenholz.

Hier sehen Sie das christliche Gottesbild:

Madonnenbild und Kreuzfigur.
Ich zeige Ihnen noch die Unterabteilungen:
altkatholisch, katholisch, orthodox, (hier die verschiedenen Arten), lutherisch, calvinistisch, presbyterianisch, anglikanisch, baptistisch, kongregationalistisch …

Meine Damen und Herren,
wenn Sie mehr Zeit brauchen, morgen ist durchgehend geöffnet, ich danke Ihnen für Ihre Aufmerksamkeit. Die Damen und Herren aus Japan können jetzt kurz ihre Aufnahmen machen, die Damen und Herren aus den USA können sofort ihre Busse besteigen für die Weiterfahrt nach Heidelberg und München."

Zu dem schwarzen Studenten gerichtet sagte die Führerin: „Wir machen Feierabend. Du kannst jetzt fegen. Aber Vorsicht mit den Göttern."

Weit weit hinter den Masken und Bildern der Exponate leuchtete das Divinum, die göttliche Kraft, aber erst im Halbdämmer, als es leise wurde und der Student allein war.

Es gibt so viel Schönes

Der Bär dachte nach: Warum jammern die Tiere nur immer über das Leben? Dem einen sind die Tage zu kurz, der nächste klagt über das Wetter, einem anderen wieder reicht der Lohnstreifen nicht. Irgendwie kam es ihm vor, als hätten die meisten Tiere viel oder alles am Leben auszusetzen, ohne je glücklich einschlafen zu können.
Da ging der Bär zum Reh und sagte: „Hast du schon einmal bedacht, wie schön dein Fell ist?"
Zum Hasen meinte er: „Kaum jemand kann so herrlich laufen wie du. Es muß schön sein, wenn einem der Wind um die Löffel fegt."
Als er das Schaf traf, sprach er mit ihm über die besondere Gabe der Geduld. „Weißt du, von dir geht so viel Ruhe aus. Das tut gut in unserer hektischen Zeit."

Am Bach begegnete er der Forelle und rief ihr zu: „Es macht Spaß, dir zuzusehen, du bist wunderbar, und deine Bewegungen spiegeln so viel Leben!“
Dann sah er den Uhu oben auf dem Ast, stellte die Tatzen an den Stamm und brummte gemütlich: „Duhu, ist dir eigentlich klar, daß du durch deine Augen eine Sonderstellung hast?“
Als er am Lager des schwerkranken Eichhörnchens vorbeikam, blieb er stehen, sah hinein und flüsterte: „Ich wollte dir mal richtig danken, weil du immer so gut zuhören kannst und zu schweigen verstehst. Das ist eine Gabe, die man selten antrifft.“
„Ich finde“, sagte er zum Elefanten, „du bist großartig gebaut und kannst sehr glücklich sein, daß so viele Tiere bei dir Hilfe suchen.“
Auf die Ameisen hätte er beinahe getreten, als er meinte: „Hört mal, ihr Klei-

nen, toll finde ich euch, weil ihr zusammenhaltet."
Nach diesen kleinen Gesprächen machte er eine Pause, legte sich unter einen Baum und sah, wie die Wolken trieben in bizarrem Gezack. „Schön!" dachte er. Und er bemerkte auch, wie die Birkenzweige sich zärtlich voreinander verneigten. „Schön!" dachte er. Und er nahm auch wahr, wie der gelbe Schmetterling vorübergaukelte. „Trunken", dachte er, „da ist einer trunken vom Leben. Das ist schön." So schlief er ein und träumte von einer Tierwelt, in der jeder den anderen anerkannte in dem, was er selbst nicht so hatte. Der Traum tat gut, und so erlebte er für sich eine kleine Zeit gegenseitiger Begeisterung und stellte sich vor, daß sich die Tiere eigentlich untereinander mehr bestätigen sollten, ansprechen auf das, was schön ist und wohltut.

„Seht euch den Faulpelz an!“ Das war eine harte Stimme, die den Bären so unsanft weckte. Der Eichelhäher schimpfte laut über den trägen Zeitgenossen. Da trollte sich der Bär traurig von dannen. „Ich habe doch so was Wichtiges geträumt!“ brummte er.

Hoch hinauf

Der Löwe ließ sich von den Bären auf den Schultern tragen, als sie ihn zum König gewählt hatten.
Das genoß er.

Nun gebot er, die Biber sollten ihm ein Lager auf zwei Bäumen bauen, damit er alles besser übersehen könne. So geschah es, und die Bären hoben ihn hoch.
Das genoß er.

Bald aber gebot er, die Büffel sollten ihm ein Lager auf dem Hügel bauen, damit er alles noch besser übersehen könne. So geschah es, und die Bären trugen ihn hinauf.
Das genoß er.

Nicht lange, und er gebot, die Adler sollten ihm ein Lager auf dem höchsten Fel-

sen bauen, damit er alles besser übersehen könne. So geschah es, und die Bären schleppten ihn hoch hinauf.
Das genoß er.

Wiederum nicht lange, und der Löwe gebot, die Engel sollten ihm ein Lager in den Wolken bauen, damit er alles besser übersehen könne.
Das aber geschah nicht, und die Bären feixten. Der Löwe aber jammerte in der dünnen Luft seiner Höhe.
Siehst du, sagte der eine Bär zum andern: Je mehr Übersicht – desto weniger Überblick.
Da tanzten die Mäuse unten im Tal.
Ganz wie früher.

Der Autor

Peter Spangenberg, geboren 1934, ist Pastor und im Ruhestand weiter Dozent an der Universität Flensburg. Er lebt in Achtrup/Nordfriesland. Neu ist für ihn die ehrenamtliche Aufgabe als Ombudsmann für Kinder in Südtondern. Als Autor und Herausgeber hat er seit 1969 über 25 Publikationen veröffentlicht: Neben Themen zum Glauben und zur Theologie finden sich Meditationen, Erzählungen, Märchen, Fabeln, Laienspiele, Lyrik, Lieder und ein Kriminalroman.

Die Illustratorin

Britta Meins, geboren 1971, arbeitet seit mehreren Jahren als freiberufliche Illustratorin und ist Studentin an der Fachhochschule für Gestaltung Hamburg, Fachbereich Illustration.